A mi madre, que me enseñó el valor de la bondad.
Blas Miras

A Mario, mi pequeño gran tesoro.
Virginia

Ilustración, diseño y maquetación: Virginia García

Texto: Blas Miras

Coordina la colección: Equipo Dylar

Impresión: Orymu, S.A.

I.S.B.N.: 978-84-15966-02-9

Depósito legal CS 382-2013

DYLAR

www.dylar.es dylar@dylar.es

Este libro está impreso sobre papel reciclable, ecológico, libre de cloro, y contribuye al desarrollo sostenible de los bosques.

Blas Miras

¡POR FAVOR!

Virginia García

Ratón Blanco vivía en una casita de tejado rojo. Junto a la casa, había un naranjo de hojas brillantes que en primavera se llenaba de flores perfumadas.

Una cálida mañana de otoño, recién levantado de la cama, Ratón Blanco se asomó a la ventana y vio en el árbol una hermosa naranja:

-¡Qué desayuno tan rico!

Se lavó la cara y salió en busca de la deliciosa fruta.

Intentó llegar a la naranja poniéndose de puntillas, pero estaba alta. Dio unos saltos, tampoco alcanzaba.

-¡Ya sé! Me subiré en el taburete de la cocina.

Ratón Blanco regresó enseguida con un taburete de madera en la mano, lo colocó debajo del árbol y se subió en él. Pero, cuando estaba a punto de alcanzar la naranja, el árbol creció.

-¡Vaya! ¿Qué ha pasado?... Otra vez no alcanzo. Iré a por la escalera que tengo en el trastero.

Volvió con una escalera de cuatro peldaños. La puso junto al árbol y subió dos escalones. Pero, cuando estaba a punto de alcanzar la naranja, el árbol creció un poco más.

-¡Ya casi la tenía en mi mano! Tendré que subir otro escalón.

Ratón Blanco se subió al tercer peldaño, luego al cuarto... Pero, cuando estaba a punto de tomar la naranja, el árbol volvió a crecer.

-¡Pues sí que estamos bien! ¡Tampoco ahora alcanzo! Tendré que pedirle a mi vecino una escalera más grande.

Al cabo de un buen rato, regresó arrastrando una enorme escalera. Subió hasta el quinto escalón: estaba seguro de que ahora alcanzaría. Pero, cuando estaba a punto de agarrar la naranja, el árbol creció de nuevo.

Desesperado, se subió al sexto escalón, luego al séptimo, al octavo, al noveno, al décimo... Siempre ocurría lo mismo: cuando estaba a punto de alcanzar la naranja, el árbol crecía.

Fue a devolver la escalera a su vecino, le dio las gracias y regresó a su casa cansado. Se había hecho muy tarde y estaba realmente hambriento.

-¡POR FAVOR, árbol! Tengo mucha hambre, no he comido nada en todo el día y pronto oscurecerá; dame tu naranja... ¡POR FAVOR!

Entonces el árbol empezó a menguar... y a menguar... y a menguar... hasta que el ratón pudo por fin tomar la naranja sin necesidad de ningún taburete o escalera.

-¡Umm... qué rica... qué dulce...! ¡GRACIAS!

Al anochecer, Ratón Blanco fue por una manguera y regó el árbol con abundante agua. Cuando terminó, cerró el grifo y guardó la manguera.

-¡GRACIAS, árbol, otra vez! Estaba deliciosa tu naranja. ¡Buenas noches, árbol!

Y se fue a dormir contento y satisfecho.

Al día siguiente, cuando Ratón Blanco se despertó, se asomó a la ventana y vio el árbol lleno de naranjas maduras.

-¡Oh! ¡Qué naranjas tan ricas!

Se lavó la cara y salió en busca de la deliciosa fruta.

-¡POR FAVOR, árbol! ¿Me das una naranja?